Otrariana

Ilustraciones de:

Luisa Valenzuela

Mauro Evangelista

D.R. © CIDCLI, S.C.

Av. México 145–601, Col. del Carmen

Coyoacán, C.P. 04100, México, D.F.

www.cidcli.com.mx

D.R. © Luisa Valenzuela (Argentina)

Esta edición se coedita con la

Dirección General de Publicaciones

del Consejo Nacional para la Cultura y las Artes

Primera edición, noviembre, 1995

Segunda reimpresión, octubre, 2001

ISBN: 968-494-073-4

ISBN: 968-29-8283-9 Consejo Nacional

                        para la Cultura y las Artes

Ilustraciones: Mauro Evangelista (Italia)

Coordinación editorial: Rocío Miranda

Diseño gráfico: Rogelio Rangel

Impreso en México / *Printed in Mexico*

Otrariana

Luisa Valenzuela

Nació en Buenos Aires, Argentina, en 1946, y es una de las escritoras más reconocidas en la actualidad dentro de la literatura hispanoamericana.

Escribe, dice ella, desde que empezó a vivir, porque desde muy pequeña tenía grandes y diversos intereses que sólo logró conjuntar al ponerse a trabajar con la pluma y el papel. Empezó. a los 17 años, como periodista, pero en el campo de la literatura ha publicado seis novelas y cuatro libros de cuentos para adultos.

Este cuento, escrito especialmente para la colección EnCuento, es el primero que Luisa hace para niños. Otrariana es una historia que saca a la luz los temores más íntimos de una niña que, a diferencia de los adultos, sí se atreve a enfrentarlos. Es un cuento para reflexionar.

Un buen día, Ariana descubrió que ella no era ni pretenciosa ni altanera como decían algunos, ni tímida como creía ella. Lo que tenía era miedo, miedo a su propia vulnerabilidad[1].

Muchas veces nuestra Ariana se ponía complicada y rechazaba a quienes se le acercaban con cariño, creía que venían a quitarle cosas. Y todo por culpa, descubría ahora, de su maldita sensación de vul-ne-ra-bi-li-dad. Qué palabra más fea ¿no? Como una debilidad del alma, como si se sintiera en el fondo una lauchita[2] a pesar de ser una de las lindas princesitas del Castillo.

Era raro el sistema del Castillo, en esa ciudad-estado. Casi se podía decir que funcionaba como una colmena, con una Reina que era como la abeja reina y mandaba a todos, y un montón de princesitas que iban siendo preparadas con todo esmero porque alguna de ellas algún día sería Reina y las demás paquetísimas[3] damas de la corte con funciones parlamentarias. El rey vendría de otra comarca, y también muchos de los grandes señores para casarse con las damas de la corte y completar el parlamento.

---

[1] Vulnerabilidad: poder ser herido física o moralmante.
[2] Lauchita: ratita.
[3] Paquetísimas: elegantes, vestidas a la moda.

Esta Reina de ahora era bastante despótica, por desgracia, y sólo tenía tres hijos, varones por desgracia, y por eso pretendía que todas las princesitas de la corte la quisieran como a una madre. Cosa que a Ariana le daba piel de gallina, por su miedo al cariño, claro está.

Lo peor es que hasta este momento no se había dado cuenta de eso, se creía medio arisca, nada más. Sólo hoy, a orillas del lago que la separaba del bosque, mirando su reflejo en el agua, había descubierto su ya mencionada vulnerabilidad. Esa odiosa "V" que la obligaba a huir de todos. Ella tan joven y bonita.

Y ya que huía tanto, ese día decidió huir de verdad, y contorneó el pequeño lago para llegar hasta la vera del bosque, un lugar sumamente prohibido. Al bosque sólo podían entrar unos pocos guardabosques provistos de su equipo protector y de su pistola láser que paralizaba al instante. Nadie podía entrar y nada debía ser perturbado en el bosque. Era la zona oscura y secreta de ese castillo-estado, la más peligrosa y respetada.

Y hacia allí se fue internando nuestra Ariana, y como iba envuelta en su recién descubierta vulnerabilidad como si fuera una capa, no sonaron las alarmas infrarrojas ni se alzó la cortina ultrasónica para impedirle el paso. Caminaba sin mirar en derredor, pensando que las espinas del bosque prohibido le desgarrarían la vulnerabilidad volviéndola invulnerable.

Se iba a convertir en una verdadera superchica y el amor nunca iba a lastimarla. Chúpate ésa, mandarina, se decía mientras avanzaba, como les diría a los otros.

Mientras tanto lo que se le iba desgarrando eran los vestidos y hasta la piel, y las espinas le iban deshaciendo las trenzas. Como si nada y sin miedo, Ariana seguía internándose en el lúgubre bosque. Quería dejar de ser vulnerable a toda costa.

Por eso se abría camino sin notar los múltiples ojos que en la oscuridad brillaban a su paso. Eran muchísimo peor que ojos, eran profundidades abismales que brillaban como le brillan los colmillos al animal al que se le hace agua a la boca. Eran animales puro ojo, pura boca salivando de hambre por ella.

Caminó largo rato hasta llegar a una zona donde el suelo no parecía tan podrido y donde crecía una especie de musgo que la invitó a echarse. Y al instante esos monstruos que eran ojos gelatinosos como amebas[4] se le tiraron encima para comérsela.

A nuestra Ariana ya no le quedaban fuerzas ni para desesperarse. Se dijo: "Porque antes tenía miedo de que me quisieran comer los que me quieren, ahora debo dejar que me coman los que me quieren comer..."

Entonces cerró los ojos y se entregó a esas bocas devoradoras y blandas, asquerosas, que comían y comían asquerosamente mientras ella se iba dejando ir como si se estuviera durmiendo.

El tiempo ni pasó y ya estaba su esqueleto pelado ahí sobre el musgo, con su bello corazón rojo palpitándole aún dentro de las costillas. Y también, ¡oh sorpresa! estaba otra Ariana que nadie había conocido nunca, inmaterial y lúcida como un suspiro revoloteando alrededor de nuestra Ariana, ahora puro corazón y hueso.

---

[4] Amebas: amibas.

Hasta que llegó un joven guardabosques envuelto en su coraza-capa de ondas hertzianas que lo protegía de los monstruos y hasta de las espinas. Y el guardabosques vio con horror el esqueleto de la niña y supo, al ver el corazón tan ardiente y hermoso, que se trataba de una de las princesitas del Castillo. No la vio a la otra Ariana, por supuesto, y ella se rió de él tan ciego en su coraza-capa.

El guadabosques sería ciego pero tenía sentimientos, por eso vació la lata de galletitas que llevaba para no pasar hambre en el bosque y le sacó hasta la más mínima miguita. Después, con cuidado, con gran ternura, se puso a extraer el corazón del medio de su jaula de costillas.

Manteniendo al corazón en su mano como si fuera un pájaro herido, con su propio aliento calentó la lata, metió al corazón dentro y se encaminó al Castillo para entregarle la palpitante ofrenda a su admirada Reina.

La otra Ariana invisible lo siguió de cerca. Así llegaron al Castillo. La coraza-capa del guardabosques quedó en la casilla de la entrada, recargando pilas.

La Reina recibió enseguida al joven gallardo guadabosques. Y largo rato estuvieron en el Salón de los Tapices de Oro debatiendo el problema. La Reina haciéndose la emocionada, el guardabosques encantado con su misión y con la Reina, el corazón sientiéndose protegido en esa lata que adquiria tonos dorados gracias al reflejo de los tapices en los muros. El dorado le daba al corazón ganas de seguir latiendo.

—Calenté la lata con mi propio aliento para que el corazón no se enfriara, explicó el guardabosques.

—Bien hecho. Uno nunca sabe si los corazones son propensos o no a los resfríos, le contestó la Reina. Y ambos sonrieron satisfechos y siguieron tomando té, mirándose a los ojos.

La otra Ariana se decía que después de todo no estaba mal esta nueva situación: su corazón allí calientito en la lata ahora dorada, protegido de todo encontronazo. Y ella flotando por el Castillo sin que le importen las cosas del afecto. Invisible. Como quien dice invulnerable. Por fin.

Sí, todo muy lindo y protegido hasta que a la Reina se le dió por tecletear con sus largas uñas rojas sobre la lata, y el corazón se sobresaltó y se sobresaltó también el guardabosques cuando la Reina le dijo:

—Gracias por donarnos este corazón tan tierno, es usted un joven excelente y lo nombraré mi escudero personal. El corazón nos va a ser muy útil para algún transplante o algún experimento.

Y de inmediato llamó por el intercom dando órdenes para que guardaran la lata en la congeladora del laboratorio médico.

—No puede hacer eso, le salió al guardabosques casi sin pensarlo.

—Puedo hacer lo que se me antoje, contestó la Reina irritada.

—Pero yo calenté la lata con mi aliento...

—Era aliento de guardabosques que no vale nada, ahora sos mi escudero.

—Ahora soy Rodrigo, le contestó el que fue guardabosques y nunca sería escudero porque allí mismo presentó su renuncia y se retiró altivo.

Y la pobre otra-Ariana se quedó allí solita, flotando entre los tapices de oro, bastante asombrada y ofendida del maltrato que se le estaba dando a ese buen hombre. Y al lindo corazón de ella metido en una lata que un lacayo se estaba llevando hacia la gélida congeladora del laboratorio médico.

Otrariana supo que había llegado el momento de hacer algo, y aspirando con todas sus inmateriales fuerzas succionó el corazón de dentro de la lata redonda y se lo llevó volando por los aires, lo más alto posible para que el lacayo no lo viera. Y emprendieron el camino del bosque. Una vez más. Para desandar lo andado o mejor dicho para recomponer lo descompuesto.

En el bosque prohibido Otrariana no podía volar alto por culpa de las enmarañadas ramas. Se puso a reptar entre la maleza espinosa y pútrida, invisible ella pero no el corazón, y los monstruos informes puroojo se pusieron a babear de gula, largando lagañas.

¿Qué hacer con los monstruos que acechaban el corazón? Combatirlos no podía, ni protegerlo de ellos. No tenía coraza-capa de ondas hertzianas ni nada por el estilo. Tampoco podía escaparles. Decidió enfrentarlos y —porque eran monstruos informes y sin nombre, hechos para y por ella— tratar de amigarse con ellos. Y los llamó por nombres bonitos que les fue inventando, y les dijo Verdín, y Pufosito, y Bábico.

Los monstruos no podían verla a Otrariana. Creyeron que el corazón les estaba poniendo nombres, a ellos, nada menos, que nunca habían sido convocados por corazón alguno. Y eso los ablandó totalmente, pero como eran monstruos enteramente blandos y sin forma, se fueron endureciendo, adquiriendo forma, y Pufosito se convirtió en un casi como oso algo amenazador pero simpático, y Verdín se hizo casi como zorro, y Bábico casi como gorila.

Y así sucesivamente. Cada sinforma al ser nombrado se volvió un casicomo animal mágico.

Y Otrariana pudo seguir su viaje con el corazón en lata hasta llegar al rincón de musgo donde aún yacía el esqueleto. Puso al corazón en su lugar y empezó a acariciar los huesos suavemente para devolverles carnadura, pero la carnadura no venía. Hasta que algunos de los casicomos acudieron en su ayuda. Y entre todos sobaron y lamieron y acariciaron los huesos. Largo rato. Mientras el corazón bombeaba como loco, igual que en los buenos viejos tiempos cuando la mismísima Ariana se emocionaba. Hasta que por fin la mismísima Ariana se sentó, como quien se despierta de golpe, en el mismísimo lugar del bosque en el que se había echado sobre el musgo, pero el bosque era otro.

Si hasta había pajaritos.

Y Ariana al desperezarse se sintió liviana, integrada. Y sin saber nada de Verdín o Bábico o Pufosito y demás casicomos, sintió como si dulces animalitos le estuvieran corriendo contentos por la sangre. Mientras tanto Otrariana, invisible como siempre, se instalaba de nuevo en torno de su ser de carne y hueso.

Encantada, nuestra Ariana se largó a correr por este nuevo bosque admirando las mariposas doradas. El color dorado le gustaba más que nunca, también le gustaba más que nunca el calorcito del sol y esa brisa cálida como un aliento que se colaba entre las ramas. Todo lo sentía en su cuerpo y su cuerpo estaba feliz. Sentía que nada le resultaba pegajoso como antes. El aire, el perfume, las flores, los animales, hasta la gente de este mundo era y sería liviana para ella.

Feliz llegó hasta la vera del bosque, a la orilla del lago. Allí se encontró con un joven gallardo que parecía un guadabosques.

—¿Y tu coraza-capa? le preguntó Ariana, sorprendida pero confiada.

—La desactivé, le contestó con naturalidad el joven.

—¿Ya no la querés?

—Ya no la necesito. Son otras cosas las que quiero.

—Yo también, reconoció riendo Ariana.

Y se tomaron del brazo, amigos para siempre.

Otrariana
se acabó de imprimir en el mes de octubre de 2001
en los talleres de Editorial Offset, S.A. de C.V.,
Durazno No. 1, 16010 México, D. F.
El tiraje fue de 3,000 ejemplares.